Annemarie Nikolaus: Dessa para melhor

ANNEMARIE NIKOLAUS

DESSA PARA MELHOR

– HISTÓRIAS FATAIS –

Conteúdo

A liquidação

Três Fiats com a chama amarela da *Guardia di Finanza* nas portas estacionaram nesta manhã na frente do seu banco. O Diretor Michele Perini se incomodou porque eles estavam estacionados bem na frente do portal, sinalizando claramente a cada transeunte que a polícia financeira estava na casa.

Pela porta de vidro da entrada, ele tinha o saguão de atendimento inteiro em vista: Na porta de seu escritório descansavam apenas dois policiais uniformizados; então os outros já deveriam estar sentados na sala de conferências analisando arquivos.

Em um dos caixas estava um cliente cujo nome ele tinha esquecido. Na parede, com o rosto escondido atrás de um jornal, se encostava Fernando D'Alesi; Michele reconheceu o herdeiro da antiga família dos Condes pelo anel de sinete.

Michele limpou a testa com o lenço. Então o dobrou novamente nos vincos do ferro de passar e entrou no banco.

Apesar de parecer muito absorto, D'Alesi correu imediatamente até ele. "*Direttore*, já estou esperando há uma hora. Preciso urgentemente falar com o senhor."

"Por favor, não é necessário que o senhor faça o esforço de vir pessoalmente todas as manhãs. Assim que os arquivos forem desembargados, entro em contato contigo. Lamento extremadamente empatá-lo; o senhor sabe." Ele deixou-o e se dirigiu, apressadamente, para o escritório.

Um dos policiais que estavam na frente do escritório perguntou: "O que quer esse jovem que espera pelo senhor todos os dias aqui?"

"Dinheiro. O que mais se quer de um banco?"

Michele acordou com um grito.

"*Oddio*, Michele, o que você está sonhando de novo?!" Suspirando, sua esposa Carla acendeu a lâmpada da cabeceira. "Se isto continuar mais algumas noites, vou preferir dormir no quarto de hóspedes. Agora você não só geme como um filhote de gato abandonado, mas também dá coices." Ela tateou por debaixo do cobertor à procura da mão dele e a segurou. "De novo o mesmo sonho?"

"Ela chega mais perto a cada noite! Eu corro, corro, mas não consigo escapar dela. Desta vez, ela já estendeu os braços para mim. Senti sua respiração em minha nuca." Ele se sacudiu. "E, então, um abismo profundo – não havia saída. Horrível! Nada pode me salvar de sua ira!" Ele limpou a testa suada com a mão. "Talvez eu não devesse mais comer tanto quando chegar tarde em casa."

"Talvez você não devesse mais chegar tão tarde em casa."

"Ah, querida; não posso deixar meus funcionários sozinhos com a polícia financeira. Não seria justo. Mais uns dias e então esse pesadelo acaba. Tenho certeza de que ninguém do banco estava conscientemente envolvido na lavagem de dinheiro."

"Então você poderia dormir calmamente" – ela respondeu. "Mas por que o juiz de instrução nunca aparece no seu sonho? Por que você é perseguido pela velha condessa?"

Isso ele não deveria responder; Michele olhou fixamente pela janela. Sob a lua cheia, o castelo de Madruzzo reinava, como uma silhueta, sobre a montanha à sua frente. A visão o fez estremecer e ele levantou o cobertor até a altura dos olhos.

Na semana seguinte, Michele estacionou em frente às paredes beges do castelo de Madruzzo. Respirando pesadamente, ele subiu as escadas de pórfiro até o primeiro andar. D'Alesi tinha restaurado este piso pela metade e o equipado com um banheiro e aquecimento. O resto do castelo estava há tempos desabitado.

Ao longo das escadas estavam pendurados os retratos dos nobres antepassados; pinturas que pareciam soturnas, exceto por uma: Condessa Marcella de Eccher, avó de Fernando D'Alesi, não foi apenas, como os outros, retratada com uma aquarela que a mostrava como uma garotinha; ao lado dela estava pendurada uma foto que provavelmente tinha sido tirada pouco antes de sua morte. O retrato a mostrava exatamente como ela aparecia nos sonhos de Michele.

D'Alesi veio da sala com lareira ao seu encontro. "O senhor parece exausto, *Direttore*. Obrigado por se esforçar em ainda vir tão tarde."

"Ao menos aqui não seremos incomodados e poderemos analisar os documentos com toda calma." Ele colocou três pastas arquivo abarrotadas na mesa de carvalho no centro da sala. Quando Michele abriu os botões de pressão, elas desmoronaram sozinhas. "Infelizmente sua querida avó deixou uma pequena bagunça para trás. Ela simplesmente insistiu em seu próprio sistema. "Portanto, eu me permiti classificar os arquivos antes."

"É importante apenas que os documentos estejam completos. Todo o resto será encontrado." D'Alesi pegou uma pilha de formulários mal dobrados.

Eles se debruçaram, até tarde da noite, sobre os comprovantes das inúmeras operações de ações que a condessa tinha feito antes de sua morte. Volta e meia se entreolhavam, atônitos, quando encontravam uma especulação particularmente bem-sucedida.

"É realmente fascinante!" – disse Michele, por fim. "Poderia se dizer que sua avó tinha um sexto sentido para o mercado de ações..."

"Mas o que ela fez, afinal, com todo o dinheiro?" – perguntou D'Alesi.

"Em todo caso, não há dinheiro algum em nosso banco."

"Mas o senhor não tem nenhum comprovante que mostre que todo o dinheiro foi pago a ela."

"Não há nenhuma conta no banco em que esteja registrado o restante dos ganhos com as ações. Portanto, o dinheiro também não está lá."

D'Alesi suspirou. "Precisamos urgentemente do dinheiro. Temos que restaurar o teto e a ala das torres até o outono; mais uma tempestade de inverno e tudo desmoronará. – Em todo caso, não pode ser, *Direttore*! Deve haver mais documentos. O que o senhor trouxe aqui pode não estar completo."

"Nisso o senhor tem toda razão." Michele fixou o olhar em uma prateleira escura que ficava em um canto da sala. "No entanto, o senhor sabe que a polícia financeira revirou cada pedaço de papel do banco três vezes nas últimas semanas. Se existissem mais documentos conosco, eles teriam sido encontrados. E então eu saberia."

"Não necessariamente. Não se acha nada que não se procure!"

Michele assentiu com a cabeça duas vezes e continuou a olhar para a prateleira. "Aqui os senhores já procuraram em todos os lugares?" Ele sabia que sua pergunta era desnecessária e sorriu quando D'Alesi ficou em silêncio. Ele ficaria ocupado pelos próximos dias e não apareceria no banco.

Mais tarde, quando deixou o castelo, Michele notou que a foto da condessa estava pendurada de um modo que seu olhar o perseguia enquanto ele descia as escadas. Quando chegou ao portal, o suor frio estava em sua testa. Ele tirou seu lenço, dobrou-o com as mãos trêmulas e enxugou a testa. Michele não conseguiu dobrá-lo novamente. Então ele amassou o lenço, colocou-o no bolso da calça e, gemendo, abriu o pesado portal.

Na manhã seguinte, Carla o encontrou morto na cama dele.

"Infarto" – constatou o médico, balançando a cabeça. "Embora ele estivesse muito saudável!"

Quando Carla arrumou a escrivaninha de Michele em casa, depois do funeral, encontrou uma pasta fina com a inscrição "Marcella de Eccher."

FIM

O colar

"Se pudesse ter você sempre nos meus braços assim!" Robert enterrou seu rosto no cabelo comprido de Sonja. "Daria qualquer coisa por isso" – ele sussurrou em sua nuca.

Sonja sorriu para a imagem dele no espelho. "Ele é maravilhoso!" Ela passeou com os dedos sobre o colar de pérolas que Robert tinha acabado de colocar em seu pescoço.

Então, gentilmente, se soltou dele. "Não seja idiota! Se você se divorciasse, também perderia a fábrica. Realmente não me importo em ser apenas sua amante." Ela se virou e deu um beijo nele. "E, com sua ajuda, finalmente consegui o cargo de representante na Ásia! Agora podemos passar dias inteiros juntos." Ela o beijou novamente. "Sua esposa nunca vai descobrir porque você, de repente, viaja continuamente para Singapura."

"Isso é o que você acha! Ela me controla o tempo todo sim. Faz tempo que Elena acha que me casei com ela só por dinheiro!"

"Nisso ela não estaria completamente enganada!"

"Isso não é verdade!" Robert protestou violentamente. "Sempre gostei dela. Já no jardim de infância. Por mim, ela brigava até com seus irmãos mais velhos. Ela me protegia acima de tudo. Então, como eu poderia não gostar dela?" Ele puxou Sonja novamente para si e sorriu. "Mas você eu amo de verdade. Por você eu daria tudo."

Sonja fez uma careta. "Você está sendo repetitivo, querido. Venha, vamos beber pelo meu aniversário e então eu te dispenso. Você precisa ir ao concerto com sua mulher."

Depois que Robert foi embora, Sonja, respirando aliviada, pegou o telefone. "Sou eu." Seus dedos brincavam com o colar de pérolas enquanto ela escutava. "Não" – disse ela então – "ele estava, como tantas outras vezes, com pressa. Mas voltou a falar que gostaria de ficar comigo para sempre."

Ela franzia a testa enquanto escutava a resposta do outro lado da linha. "Não" – ela acabou a conversa – "Também não acho que ele vá realmente se divorciar."

Elena esperava na porta do teatro. Ela tinha levantado a gola do seu casaco de pele sintética lilás e aquecia as mãos sob as axilas. "Onde esteve tanto tempo?" – ela rosnou quando Robert veio, apressado, em sua direção – "Já liguei para o escritório três vezes!"

"Me desculpa; nem bem caem três migalhas de neve e esses patetas já não conseguem dirigir. Esqueço disso toda vez."

"Não apenas disso! Aparentemente você também se esqueceu de buscar o colar de pérolas que encomendou."

"O quê?" Robert olhou para ela com os olhos arregalados pelo choque.

"Estive ontem no joalheiro e ele me perguntou o que fazer então com o colar. Ele está esperando você buscá-lo já há uma semana."

Robert praguejou em voz alta. "Este pateta; agora ele estragou tudo!"

Elena mordeu os lábios. "O que significa isto? Você sabe muito bem que eu detesto pérolas. Você queria me ensinar, desta maneira extremamente delicada, que agora sou uma bruxa velha?"

"Mas Elena!" – Robert se indignou – "Sem colar então. Mas você precisa brigar sempre?"

"Bem, se você está gastando meu dinheiro, então, por favor, gaste com sabedoria!"

Sonja sentou-se no banco do parque com os olhos fechados e manteve o rosto sob o sol de primavera. Passos rangeram nos cascalhos atrás dela. Ela se virou e sorriu para Robert. "Que bom que você ainda pode se livrar do trabalho. Tinha quase desistido de esperar. Em uma hora parte meu voo."

"Você fica apenas por um dia no país! Claro que preciso ter tempo para você. Esperei tanto tempo para vê-la novamente. Sua ideia de ter um emprego em Singapura não nos ajudou nem um pouco, muito pelo contrário!

"Ah, Robert, não resmungue agora! Contente-se por eu estar aqui. E contente-se comigo pelo meu sucesso em Singapura. Ninguém pode reclamar de sua recomendação."

"É claro que eu estou contente com sua carreira" – Robert sentou-se ao lado dela e colocou o braço em volta de seus ombros – "Você é formidável, minha querida. Sei que é competente. Precisa apenas de um trampolim; agora você provou isso a todos. Apesar disso, não ganho nenhuma recompensa?"

"Pelo trampolim que me conseguiu?" Ela deu-lhe um beijinho na bochecha. "Eu gosto de você. Isso não basta? E penso em você, mesmo se estou longe. Suas pérolas me lembram você todos os dias."

Frustrado, Robert resmungou. "Não, isso não basta para mim. Isso não me basta de modo algum. Não volte para Singapura. Quero você só para mim! Encontrarei um modo."

Sonja franziu a testa e olhou-o com olhos arregalados. Ela se preparava para responder, mas Robert fechou a boca dela com um longo beijo.

***

Sonja sentou-se em sua mesa em Singapura e olhou o entardecer. O vento redemoinhava as folhas do outono e, gradualmente, a rua se iluminava com a maré de luzes dos sinais luminosos.

Um dos telefones tocou. Quando viu o número que ligava, seu rosto se iluminou.

"Estou quase pronta" – ela respondeu – "Nos vemos no Wu-Cheng em meia hora. Estou ansiosa!"

Ela acabara de colocar o casaco quando a porta do escritório se abriu atrás dela. Robert estava parado no umbral sorrindo para ela: "E então, meu anjo? Consegui surpreendê-la?"

Sonja respirou profundamente: "Com certeza! – O que você está fazendo em Singapura assim, de repente?"

"Elena sofreu um acidente ontem. Ela está morta!"

"O quê!?" – Sonja disse, horrorizada.

Robert pegou as mãos dela e beijou um dedo após o outro. "Elena está morta" – repetiu ele. "Assim acabam todos os nossos problemas."

"O que você quer dizer com isso?" Com a testa franzida, ela puxou as mãos.

"Agora não há nada nem ninguém entre nós." Ele a levantou e girou-a no ar de maneira efusiva: "Vou levá-la para casa. Voamos hoje à noite mesmo."

"Ei, me ponha no chão!" – protestou Sonja.

Assim que pós os pés novamente no chão, ela o olhou de modo sério: "Não posso deixar tudo de um momento para outro. Simplesmente não posso fazer isso!"

"Que dedicada!" – ele respondeu com uma piscada de olho. "Não se preocupe; eu resolvo isso."

15

"Não! Tenho um compromisso daqui a pouco. E agora não posso mais desmarcá-lo."

Robert olhou fixamente para ela.

Sonja, passando por ele e indo em direção ao corredor. "Cancele o voo. Conversaremos sobre tudo isso amanhã cedo."

Robert agarrou o braço dela. "Sonja, por favor... Espere!"

"Agora eu realmente não tenho tempo!" Ela se desvencilhou dele e seguiu para a escadaria.

"Espere mesmo assim!" Robert correu atrás dela. "Chegue atrasada então. O mundo não vai acabar por causa disso. Você não pode simplesmente me deixar aqui."

Ele a segurou novamente. Sonja empurrou-o violentamente para trás.

Robert tropeçou. Procurando por um apoio, ele estendeu os braços em sua direção e segurou o colar de pérolas em seu pescoço. Ele se despedaçou com um barulho suave.

Por fim, Robert perdeu o equilíbrio e, com um grito, despencou escada abaixo.

FIM

O banqueiro do Papa

17 de junho de 1982:

Que bom que as noites londrinas também eram, um pouco antes do começo do verão, desagradavelmente frias. Assim, o homem levantar a gola do casaco antes de deixar o hotelzinho fuleiro parecia um gesto natural; o chapéu ele puxou bem baixo sobre a testa.

Ele cruzou as ruas por uma hora e entrou em dois Pubs. Em cada um deles, tomou uma cerveja calmamente, enquanto olhava pela janela e observava, com o olhar fixo, as pessoas na rua. Quando finalmente chegou ao seu destino, estava convencido de que não tinha sido seguido.

Hesitou, por alguns segundos, diante da elegante residência, antes de levar a mão à campainha. Porém, não tinha escolha. Assim que a porta se abriu, um jovem olhou para ele sob a luz escassa do corredor: "Venha, o *Monsignore* já o espera."

O homem estremeceu; não tinha esperado ser abordado, aqui, em italiano. Desconfiado, examinou o desconhecido.

"Venha" – repetiu o estranho e o convidou a entrar na residência movimentando a mão.

Hesitando, o homem entrou na pequena biblioteca, onde o anfitrião estudava um velho fólio com um copo de vinho na mão.

"*Signore*, me informaram que, desta vez, teríamos que ajudá-lo. O que posso fazer pelo senhor?"

"*Monsignore*, preciso de trezentos mil até o fim do mês. Pelo menos."

"Trezentos mil o quê?" O velho padre sorriu zombeteiramente. "Não de liras, certamente."

O homem ficou quente em seu casaco. Isso não começou bem. "Dólares, é claro", falou sem pensar. "Nesta tarde me demitiram do cargo de presidente do Banco Ambrosiano. Não tenho mais acesso às contas. Porém, Pippo Calò quer o dinheiro dele de volta."

"É mesmo? Acreditávamos que ele apoiava nossas boas obras para a remissão de seus pecados."

A zombaria descarada causou arrepios no banqueiro deposto. A *Cosa Nostra* ameaçava sua família e este padreco praticamente ria dele. Ele se recompôs. "Apenas a Loja sabe que a lavagem de dinheiro ocorreu através do Instituto para Obras de Religião. Calò acredita ter investido bem seu dinheiro."

"Ora, ele investiu bem seu dinheiro. Se Somoza tivesse sufocado a revolta, já teria rédea livre na América Central. Então ele terá que esperar mais um pouco. Cada investimento carrega algumas incertezas."

"Muito espirituoso" – escapou ao banqueiro. "A Honrosa Sociedade sabe que todo nosso sistema financeiro está quebrado. Para eles é indiferente onde conseguirei o dinheiro – e para mim também! O senhor é minha última possibilidade."

O padre deixou o fólio de lado e veio, lentamente, em direção ao banqueiro: O senhor quer me chantagear?"

"Não, *Monsignore*, de modo algum. Apenas peço que o senhor considere que não tenho outra escolha." O banqueiro se esforçou para permanecer gentil. "Realmente lamentaria muito, se o senhor tivesse problemas."

"Não há razão para isso!"

"Bem..." O banqueiro considerou cada palavra com cuidado. "Possivelmente haveria problemas se surgisse a impressão de que o Vaticano financia, até hoje, os Contras na Nicarágua. E, certamente, se admite que o Papa se preocupe com sua Polônia, mas alguns podem, com a mesma certeza, considerar o apoio à Solidarność uma intromissão em assuntos internos."

"O Vaticano apoia as igrejas de todos os países pobres."

"No entanto, nem sempre o dinheiro chega aos caixas das paróquias. – Porém, talvez amanhã o seu embaixador ache este tópico mais interessante do que o senhor."

"Por que a Solidarność ou os Contras interessariam ao embaixador tcheco?"

Eles se mediram com os olhos. Ambos sabiam muito bem a resposta: Um sindicato independente no país vizinho era bem menos tolerável para o governo checoslovaco do que uma contrarrevolução na distante América Central. No entanto, ninguém disse uma palavra. Durante minutos, o crepitar do fogo da lareira foi o único som.

Então o padre assentiu com a cabeça. Instintivamente, o banqueiro respirou fundo: Ele tinha ganhado.

"*Signore*, o senhor tem, certamente, alguns documentos interessantes para nós."

"Deixei-os no hotel. Eles valem seu preço."

"Certamente." Seu anfitrião sorriu e apontou para a mesa de canto: "*Signore*, o senhor bebe um pouco de vinho comigo antes de ir? Meu factótum o acompanhará depois para a casa. Amanhã cedo nos preocuparemos, então, com as transações necessárias." Ele se virou para a porta. "Carboni, traga uma taça para o senhor."

Na manhã seguinte, um carteiro encontrou o banqueiro enforcado sob a ponte Blackfriars.

O banqueiro morto tem nome: Roberto Calvi. – Este conto é

uma especulação exaltada do que poderia ter ocorrido antes de sua morte.

***

Onze anos depois, um tribunal romano condena o bispo checoslovaco Pavel Hnilica e Flavio Carboni a vários anos de prisão pelo desfalque na pasta de Calvi. Levou sete anos até que o bispo fosse absolvido em recurso, porque ele tomara boa fé em Carboni. Em contrapartida, Carboni, que estava envolvido em muitos escândalos naquele tempo, não fora absolvido.

Finalmente, em maio de 2002, a morte de Calvi é determinada judicialmente como assassinato.

Mas quem foi o autor?

Ninguém? FIM

***

Se gostou desses contos, por favor, os recomende.
Recomendações e resenhas ajudam outras pessoas a encontrar
livros que valham a leitura.

Sobre a autora

Annemarie Nikolaus deu início a sua escrita literária no começo de 2001. Após a publicação de alguns contos, seu primeiro romance foi lançado em 2005. Desde então, a autora publica de maneira independente.

Ela nasceu no estado de Hessen, na Alemanha, e viveu por vinte anos no norte da Itália. Mudou-se, junto com sua filha, em 2010, para Auvérnia, na França.

Após estudar Psicologia, Publicidade, Política e História, Annemarie Nikolaus trabalhou, entre outras funções, como psicoterapeuta, consultora política, jornalista, docente e tradutora.

Blog **em português**: https://bit.ly/2RGfOZS

Esteja à vontade para entrar em contato:
Twitter : http://twitter.com/AnneNikolaus

****

Publicações:

Em português:

Prescrito. Contos policiais históricos. ISBN da edição de bolso 9782902412785

Contos encantados. Histórias curtas não só para crianças. ISBN da edição de bolso 9782902412792

Dessa para melhor. Histórias curtas. ISBN da edição de bolso 9782902412921

Reduzidos ao silêncio. Um suspense curto.. ISBN da edição de bolso 9782902412938

Aquitânia: o fim de uma guerra. Série *À beira do caminho….* ISBN da edição de bolso 9782493398277

Títulos originais em alemão:

Romances e Contos

Históricos

Königliche Republik. Romance histórico. ISBN da edição de bolso 9782902412471.

Verjährt. Contos policiais históricos. ISBN da edição de bolso 9782902412549

Fantásticos

Die Piratin. Série *"Drachenwelt"*. Romance de fantasia. ISBN da edição de bolso 9782902412495

Das Feuerpferd. Romance de fantasia, em parceria com Monique Lhoir e Sabine Abel. ISBN da edição de bolso 9782902412501.

Magische Geschichten. Histórias curtas não só para crianças. ISBN da edição de bolso 9782902412488

Renntag in Kruschar. Antologia de fantasia. Série *"Drachenwelt"*. Apenas em E-Book.

Leuchtende Hoffnung. Um romance de ficção científica em forma de calendário do Advento. Romance de ficção científica ilustrado. ISBN da edição de bolso 9782902412563

Romances policiais

Bitterer Wein. Série *"Médoc"*. ISBN da edição de bolso 9782493398017

Haus zu verkaufen. Drama em familia. ISBN da edição de bolso 9782902412983

Ustica. Um suspense curto. ISBN da edição de bolso 9782902412556. Edição de bolso com o cupom para o E-book.

Tot. Histórias curtas. ISBN da edição de bolso 9782902412587.

Novelas de dança

Die Enkelin. Romance da série *"Quick, quick, slow – Tanzclub Lietzensee"* da edição Schreibwerk. ISBN da edição de bolso 9782493398093

Flirt mit einem Star. Romance da série "Quick, quick, slow – Tanzclub Lietzensee" da edição Schreibwerk. ISBN da edição de bolso 9782493398109

Zurück aufs Parkett. Romance sobre casamento da série *"Quick, quick, slow – Tanzclub Lietzensee"* da edição Schreibwerk. ISBN da edição de bolso 9782493398116

Livros de não ficção

Curiosidades pelo caminho

Aquitanien: Das Ende eines Krieges. Série *"Am Rande des Weges ..."* ISBN da edição de bolso 9782902412570

A série de reflexões sobre Literatura e Livros

Suche Reisebegleitung. *Fliegende Blätter*. ISBN da edição de bolso 9781499608427.

Junge Welten. *Fliegende Blätter*. ISBN da edição de bolso 9781500971991